Weihnachtszeit – die schönste Zeit des Jahres, Zeit der Besinnung, der inneren Einkehr und der Vorfreude auf das bevorstehende Fest. Mit verführerischen Düften von Glühwein, Backwerk und gebrannten Mandeln locken die Weihnachtsmärkte, und bunt geschmückte Weihnachtsbäume bringen nicht nur Kinderaugen zum Leuchten. Wie es einst war und wie es heute ist, davon erzählen auch die Dichter.

Die schönsten Weihnachtsgedichte deutscher Sprache sind in diesem Band versammelt – besinnliche und nachdenkliche ebenso wie heitere und ironische, stimmungsvoll-romantische und kritische. Sie preisen die Geburt Christi, erzählen von Weihnachten in der Großstadt, besingen die »schöne, herrliche Weihnachtszeit« und den Weihnachtsbaum.

Martin Luther, Johann Wolfgang Goethe, Joseph von Eichendorff, Theodor Storm, Rainer Maria Rilke, Marie Luise Kaschnitz, Hermann Hesse, Kurt Tucholsky, Joachim Ringelnatz und viele andere begleiten uns in diesem Band durch die Advents- und Weihnachtszeit.

insel taschenbuch 3228

Die schönsten Weihnachtsgedichte

Die schönsten Weihnachtsgedichte

Ausgewählt von Gesine Dammel

Insel Verlag

Einbandabbildung: Sandro Botticelli,
Madonna della Melagrana, um 1487 (Ausschnitt)

insel taschenbuch 3228
Erste Auflage 2006

Quellenverzeichnis am Schluß des Bandes
Vertrieb durch den Suhrkamp Taschenbuch Verlag
Satz: Hümmer GmbH, Waldbüttelbrunn
Druck: Ebner & Spiegel, Ulm
Printed in Germany
ISBN 3-458-34928-6
ISBN 978-3-458-34928-0

1 2 3 4 5 6 – 11 10 09 08 07 06

Inhalt

Die schönsten
Weihnachtsgedichte

Rainer Maria Rilke
Advent

Es treibt der Wind im Winterwalde
die Flockenherde wie ein Hirt,
und manche Tanne ahnt, wie balde
sie fromm und lichterheilig wird;
und lauscht hinaus. Den weißen Wegen
streckt sie die Zweige hin – bereit,
und wehrt dem Wind und wächst entgegen
der einen Nacht der Herrlichkeit.

Marie Luise Kaschnitz
Advent 1972

Phantastischer Advent
Mit vom Rauhreif verkrusteten Wiesen
Zäunen aus Silber gestrickt
Und in den Wipfeln
Ein flirrendes Gespinst.

Im Treibhaus des Gärtners
Hinter den milchigen Scheiben
Neigen sich zueinander
Golden gelockt
Häupter der Chrysanthemen.

Im Zimmer sprechen die Brüder
Über den Schießunterricht.
Der Ältere sagt, so ist das

Der Pappkamerad zieht vorüber
Zielen mußt du
Ihm auf den Kopf, auf die Brust.
Den Jüngeren schaudert's.
Auf den Kopf? Auf die Brust?

Ein Karussellpferdchen weiß
Mit Federbusch
Und glitzernder Schabracke
Stell ich dir, Tochter
Auf den Geburtstagstisch, den Abendtisch
In der lichtgrün getäfelten »Traube«.

Nicht auszudenken, was sein wird
Wenn sie das Atomkraftwerk bauen
Oder zwei
Diesseits und jenseits des Rheines.
Wird eine Dunstwolke liegen Tag und Nacht
Die Trauben reifen nicht mehr
Wer sieht noch die Sonne?

Im Zimmer die Brüder noch immer.
Zwei Züge, sagt der ältere
Marschieren um den Block
Begegnen sich und überschreien sich.
Die einen singen »Natascha«
Die anderen »Berlin«.
Der Text besteht aus lauter Schweinereien.

Dann gehen wir mit dem Hund
Zum Tor hinaus
Weihnachten steigt
Ein gelber Riesenmond
Über das Scheunendach.
Auf den Gräbern
Zucken die Lichter.

Theodor Fontane
Noch ist der Herbst nicht ganz entflohn

Noch ist Herbst nicht ganz entflohn,
Aber als Knecht Ruprecht schon
Kommt der Winter hergeschritten,
Und alsbald aus Schnees Mitten
Klingt des Schlittenglöckleins Ton.

Und was jüngst noch, fern und nah,
Bunt auf uns herniedersah,
Weiß sind Türme, Dächer, Zweige,
Und das Jahr geht auf die Neige,
Und das schönste Fest ist da.

Tag du der Geburt des Herrn,
Heute bist du uns noch fern,
Aber Tannen, Engel, Fahnen
Lassen uns den Tag schon ahnen,
Und wir sehen schon den Stern.

Rudolf Alexander Schröder
Nun duftet Wachs

Nun duftet Wachs, nun glimmt der Tann,
Die Weihnachtszeit hebt wieder an.

Noch freust du dich am Lichterkranz,
Bald steht der Baum im vollen Glanz.

Bald hältst und hast du, was dir frommt,
Und dankst dem Herrn, der wiederkommt.

Ein Kindlein bringt dir große Freud:
Ach denk, ach denk, was das bedeut!

Schau's an, als wär's dein eigen Kind:
Der Weg nach Golgatha beginnt.

Theodor Storm
Knecht Ruprecht

Von drauß' vom Walde komm ich her;
Ich muß euch sagen, es weihnachtet sehr!
Allüberall auf den Tannenspitzen
Sah ich goldene Lichtlein sitzen;
Und droben aus dem Himmelstor
Sah mit großen Augen das Christkind hervor.
Und wie ich so strolcht durch den finstern Tann,
Da rief's mich mit heller Stimme an.
»Knecht Ruprecht«, rief es, »alter Gesell,
Hebe die Beine und spute dich schnell!
Die Kerzen fangen zu brennen an.
Das Himmelstor ist aufgetan,
Alt' und Junge sollen nun
Von der Jagd des Lebens einmal ruhn;
Und morgen flieg ich hinab zur Erden,
Denn es soll wieder Weihnachten werden!«
Ich sprach: »O lieber Herre Christ,
Meine Reise fast zu Ende ist;
Ich soll nur noch in diese Stadt,
Wo's eitel gute Kinder hat.«
– »Hast denn das Säcklein auch bei dir?«
Ich sprach: »Das Säcklein, das ist hier:
Denn Äpfel, Nuß und Mandelkern
Fressen fromme Kinder gern.«
– »Hast denn die Rute auch bei dir?«
Ich sprach: »Die Rute, die ist hier;
Doch für die Kinder nur, die schlechten,
Die trifft sie auf den Teil, den rechten.«

Hugo von Hofmannsthal
Weihnacht

Weihnachtsgeläute
Im nächtigen Wind …
Wer weiß, wo heute
Die Glocken sind,
Die Töne von damals sind?

Die lebenden Töne
Verflogener Jahr'
Mit kindischer Schöne
Und duftendem Haar,
Mit tannenduftigem Haar,

Mit Lippen und Locken
Von Träumen schwer? …
Und wo kommen die Glocken
Von heute her,
Die wandernden heute her?

Die kommenden Tage,
Die wehn da vorbei.
Wer hörts, ob Klage,
Ob lachender Mai,
Ob blühender, glühender Mai? …

Joseph von Eichendorff
Weihnachten

Markt und Straßen stehn verlassen,
Still erleuchtet jedes Haus,
Sinnend geh ich durch die Gassen,
Alles sieht so festlich aus.

An den Fenstern haben Frauen
Buntes Spielzeug fromm geschmückt,
Tausend Kindlein stehn und schauen,
Sind so wunderstill beglückt.

Und ich wandre aus den Mauern
Bis hinaus ins freie Feld,
Hehres Glänzen, heilges Schauern!
Wie so weit und still die Welt!

Sterne hoch die Kreise schlingen,
Aus des Schneees Einsamkeit
Steigts wie wunderbares Singen –
O du gnadenreiche Zeit!

Robert Walser
Weihnachtsglocken

Wenn es, weil's wintert, draußen schneit,
bildet man gern zu Hause eine Einigkeit,
wo man mit zierl'chem Eifer musiziert.
Wann Jahr'szeit ihre Wärm' verliert,
obwohl es schön ist, daß sich Flöcklein niedersenken,
läßt man sich gern von lieben Büchern lenken,
man kann beim Lesen an Belieb'ges denken,
und von Erinnerungen nun umschlungen,
ist man in seelisch Junges eingedrungen.
Geht man hinaus, so findet man die Temp'ratur
angenehm kalt, und es spaziert sich in den Straßen
beinahe wie in säuberlich gereinigten Gelassen,
und eine feuerrot-verschämte Wange
begleitet dich vielleicht im Geiste auf dem Gange
durch deine Stadt, auf Flocken
reimen sich glückl'erweise Glocken.
Das kann das Weihnachtsfestgeläute sein,
und Kerzenschimmer und ein Schlückchen Wein,
und ein bescheidenes Geschenkelein.

Hermann Hesse
In Weihnachtszeiten

In Weihnachtszeiten reis' ich gern
Und bin dem Kinderjubel fern
Und geh in Wald und Schnee allein
Und manchmal, doch nicht jedes Jahr.
Trifft meine gute Stunde ein.
Daß ich von allem, was da war,
Auf einem Augenblick gesunde
Und irgendwo im Wald für eine Stunde
Der Kindheit Duft erfühle tief im Sinn
Und wieder Knabe bin ...

Kurt Tucholsky
Weihnachten

Nikolaus der Gute
kommt mit einer Rute,
greift in seinen vollen Sack –
dir ein Päckchen – mir ein Pack.
Ruth Maria kriegt ein Buch
und ein Baumwolltaschentuch,
Noske einen Ehrensäbel
und ein Buch vom alten Bebel,
sozusagen zur Erheiterung,
zur Gelehrsamkeitserweiterung …
Marloh kriegt ein Kaiserbild
und 'nen blanken Ehrenschild.
Oberst Reinhard kriegt zum Hohn
die gesetzliche Pension …
Tante Lo, die, wie ihr wißt,
immer, immer müde ist,
kriegt von mir ein dickes Kissen. –
Und auch hinter die Kulissen
kommt der gute Weihnachtsmann:
Nimmt sich mancher Leute an,
schenkt da einen ganzen Sack
guten alten Kunstgeschmack.
Schenkt der Orska alle Rollen
Wedekinder, kesse Bollen –
(Hosenrollen mag sie nicht:
dabei sieht man nur Gesicht …).
Der kriegt eine Bauerntruhe,
Fräulein Hippel neue Schuhe,

jener hält die liebste Hand –
Und das Land? Und das Land?
Bitt ich dich, so sehr ich kann:
Schenk ihm Ruhe –
      lieber Weihnachtsmann!

Rainer Maria Rilke
Vor Weihnachten 1914

1

Da kommst du nun, du altes zahmes Fest,
und willst, an mein einstiges Herz gepreßt,
getröstet sein. Ich soll dir sagen: du
bist immer noch die Seligkeit von einst
und ich bin wieder dunkles Kind und tu
die stillen Augen auf, in die du scheinst.
Gewiß, gewiß. Doch damals, da ichs war,
und du mich schön erschrecktest, wenn die Türen
aufsprangen – und dein wunderbar
nicht länger zu verhaltendes Verführen
sich stürzte über mich wie die Gefahr
reißender Freuden: damals selbst, empfand
ich damals *dich*? Um jeden Gegenstand
nach dem ich griff, war Schein von deinem Scheine,
doch plötzlich ward aus ihm und meiner Hand
ein neues Ding, das bange, fast gemeine
Ding, das besitzen heißt. Und ich erschrak.
O wie doch alles, eh ich es berührte,
so rein und leicht in meinem Anschaun lag.
Und wenn es auch zum Eigentum verführte,
noch war es keins. Noch haftete ihm nicht
mein Handeln an; mein Mißverstehn; mein Wollen
es solle etwas sein, was es nicht *war*.
Noch war es klar
und klärte mein Gesicht.
Noch fiel es nicht, noch kam es nicht ins Rollen,
noch war es nicht das Ding, das widerspricht.

Da stand ich zögernd vor dem wundervollen
Un-Eigentum .....

2

(......... Oh, daß ich nun vor dir
so stünde, Welt, so stünde, ohne Ende
anschauender. Und heb ich je die Hände
so lege nichts hinein; denn ich verlier.

Doch laß durch mich wie durch die Luft den Flug
der Vögel gehen. Laß mich, wie aus Schatten
und Wind gemischt, dem schwebenden Bezug
kühl fühlbar sein. Die Dinge, die wir hatten,

(o sieh sie an, wie sie uns nachschaun) nie
erholen sie sich ganz. Nie nimmt sie wieder
der reine Raum. Die Schwere unsrer Glieder,
was an uns Abschied ist, kommt über sie.)

3

Auch dieses Fest laß los, mein Herz. Wo sind
Beweise, daß es dir gehört? Wie Wind
aufsteht und etwas biegt und etwas drängt,
so fängt in dir ein Fühlen an und geht
wohin? drängt was? biegt was? Und drüber übersteht,
unfühlbar, Welt. Was willst du feiern, wenn
die Festlichkeit der Engel dir entweicht?
Was willst du fühlen? Ach, dein Fühlen reicht
vom Weinenden zum Nicht-mehr-Weinenden.

Doch drüber sind, unfühlbar, Himmel leicht
von zahllos Engeln. Dir unfühlbar. Du
kennst nur den Nicht-Schmerz. Die Sekunde Ruh
zwischen zwei Schmerzen. Kennst den kleinen Schlaf
im Lager der ermüdeten Geschicke.
Oh wie dich, Herz, vom ersten Augenblicke
das Übermaß des Daseins übertraf.
Du fühltest auf. Da türmte sich vor dir
zu Fühlendes: ein Ding, zwei Dinge, vier
bereite Dinge. Schönes Lächeln stand
in einem Antlitz. Wie erkannt
sah eine Blume zu dir auf. Da flog
ein Vogel durch dich hin wie durch die Luft.
Und war dein Blick zu voll, so kam ein Duft,
und war es Dufts genug, so bog ein Ton
sich dir ans Ohr ... Schon
wähltest du und winktest: dieses nicht.
Und dein Besitz ward sichtbar am Verzicht.
Bang wie ein Sohn ging manches von dir fort
und sah sich lange um, und sieht von dort,
wo du nicht fühlst, noch immer her. O daß
du immer wieder wehren mußt: genug,
statt: *mehr!* zu rufen, statt Bezug
in dich zu reißen, wie der Abgrund Bäche?
Schwächliches Herz. Was soll ein Herz aus Schwäche?
Heißt Herz-sein nicht Bewältigung?
Daß aus dem Tier-Kreis mir mit einem Sprung
dein Steinbock auf mein Herzgebirge spränge.
Geht nicht durch mich der Sterne Schwung?
Umfaß ich nicht das weltische Gedränge?
Was bin ich hier? Was war ich jung?

Joachim Ringelnatz
Vorfreude auf Weihnachten

Ein Kind – von einem Schiefertafel-Schwämmchen
Umhüpft – rennt froh durch mein Gemüt.

Bald ist Weihnacht! – Wenn der Christbaum blüht,
Dann blüht er Flämmchen.
Und Flämmchen heizen. Und die Wärme stimmt
Uns mild. – Es werden Lieder, Düfte fächeln. –

Wer nicht mehr Flämmchen hat, wem nur noch
Fünkchen glimmt,
Wird dann doch gütig lächeln.

Wenn wir im Traume eines ewigen Traumes
Alle unfeindlich sind – einmal im Jahr! –
Uns alle Kinder fühlen eines Baumes.

Wie es sein soll, wie's allen einmal war.

Friedrich Rückert
Einladung auf Weihnachten

Jeder kan sich die Welt betrachten
Zur Lenzfeier auf seine Weise,
Aber das Winterfest Weihnachten
Ist gemacht für Familienkreise.

Da nun solch einen Kreis du missest,
Sei geladen in meinen frommen,
Daß du unter den Kindern wissest,
Wozu Christ in die Welt gekommen.

Laß dich nicht reun die wenigen Meilen,
Durch Windweben ein rüstiger Schreiter;
Um die festliche Lust zu theilen,
Reist man im kältern Schweden noch weiter.

Wenig fördert beim spärlichen Lichte
Jetzt die Arbeit, die volles fodert.
Bring, wie du pflegst, uns eine Geschichte,
Daß der Kamin uns heller lodert.

Komm aus der Still' um im Saus und Brause
Mich zu trösten von all den Buben,
Die mir der Winter hält in der Klause,
Daß eng werden die weiten Stuben.

Teile des häuslichen Glücks Genüsse,
Sieh, vom geputzten Zweige der Tannen

Wie sie schlagen die goldnen Nüsse;
Wenn du genug hast, gehst du von dannen.

Aber ich muß, in Fessel geschlagen,
Des erlösenden Frülings warten,
Um mit gutem Gewissen zu sagen:
Marsch nun, Buben, und lärmt im Garten!

Bertolt Brecht
Weihnachtslegende

1

Am Heiligen Abend heut
Sitzen wir, die armen Leut
In einer kalten Stube drin
Der Wind geht draußen und geht herin.
Komm, lieber Herr Jesus, zu uns, sieh an:
Weil wir dich wahrhaft nötig han.

2

Wir sitzen heute so herum
Als wie das finstere Heidentum
Der Schnee fällt kalt auf unser Gebein
Der Schnee will unbedingt herein.
Komm, Schnee, zu uns herein, kein Wort:
Du hast im Himmel auch kein Ort.

3

Wir brauen einen Branntewein
Dann wird uns leicht und wärmer sein
Einen heißen Branntewein brauen wir
Um unsere Hütt tappt ein dick Tier.
Komm, Tier, zu uns herein nur schnell:
Ihr habt heut auch keine warme Stell.

4

Wir tun ins Feuer die Röck hinein
Dann wird's uns allen wärmer sein
Dann glüht uns das Gebälke schier
Erst in der Früh erfrieren wir.
Komm, lieber Wind, sei unser Gast
Weil du auch keine Heimat hast.

Theodor Fontane
Zu Weihnachten 1856

Die Weihnachtszeit ist wieder da
Mit Tannen und mit Lichtern,
Ich stünde gern als Herr Papa
Unter lachenden Gesichtern;
Doch ach, zu fremdem Gänse-Genuß
Nach Brompton fahr' ich im Omnibus,
Es geht nun mal nicht anders.

Gern kröch ich umher mit meinem boy
Wie der Sohn der Jeanne d'Albret
Und stimmte mit ein, bei Hott und Hoi,
In sein Lachen und Gedalbre;
Doch die Abschlagszahlung auf meinen Wunsch
Heißt ›66‹ und Whisky-Punsch –
Es geht nun mal nicht anders.

Die Stunden gehen, die Tage gehen,
Vergehen immer geschwinder,
Es kommt, will's Gott, ein Wiedersehn,
Es kommen Frau und Kinder,
Es ist der Trennung bald genug
Und leer wird auch ein bittrer Krug,
Es geht nun mal nicht anders.

Kurt Tucholsky
Einkäufe

Was schenke ich dem kleinen Michel
zu diesem kalten Weihnachtsfest?
Den Kullerball? Den Sabberpichel?
Ein Gummikissen, das nicht näßt?
  Ein kleines Seifensiederlicht?
  Das hat er noch nicht. Das hat er noch nicht!

Wähl ich den Wiederaufbaukasten?
Schenk ich ihm noch mehr Schreibpapier?
Ein Ding mit schwarzweißroten Tasten;
ein patriotisches Klavier?
  Ein objektives Kriegsgericht?
  Das hat er noch nicht. Das hat er noch nicht!

Schenk ich den Nachttopf ihm auf Rollen?
Schenk ich ein Moratorium?
Ein Sparschwein, kugelig geschwollen?
Ein Puppenkrematorium?
  Ein neues gescheites Reichsgesicht?
  Das hat er noch nicht. Das hat er noch nicht!

Ach, liebe Basen, Onkels, Tanten –
Schenkt ihr ihm was. Ich find es kaum.
Ihr seid die Fixen und Gewandten,
hängt ihrs ihm untern Tannenbaum.
  Doch schenkt ihm keine Reaktion!
  Die hat er schon. Die hat er schon!

Kurt Tucholsky
Groß-Stadt-Weihnachten

Nun senkt sich wieder auf die heim'schen Fluren
die Weihenacht! die Weihenacht!
Was die Mamas bepackt nach Hause fuhren,
wir kriegens jetzo freundlich dargebracht.

Der Asphalt glitscht. Kann Emil das gebrauchen?
Die Braut kramt schämig in dem Portemonnaie.
Sie schenkt ihm, teils zum Schmuck und teils zum Rauchen,
den Aschenbecher aus Emalch glasé.

Das Christkind kommt! Wir jungen Leute lauschen
auf einen stillen heiligen Grammophon.
Das Christkind kommt und ist bereit zu tauschen
den Schlips, die Puppe und das Lexikohn.

Und sitzt der wackre Bürger bei den Seinen,
voll Karpfen, still im Stuhl, um halber zehn,
dann ist er mit sich selbst zufrieden und im reinen:
»Ach ja, son Christfest is doch ooch janz scheen!«

Und frohgelaunt spricht er vom ›Weihnachtswetter‹,
mag es nun regnen oder mag es schnein.
Jovial und schmauchend liest er seine Morgenblätter,
die trächtig sind von süßen Plauderein.

So trifft denn nur auf eitel Glück hienieden
in dieser Residenz Christkindleins Flug?
Mein Gott, sie mimen eben Weihnachtsfrieden …
»Wir spielen alle. Wer es weiß, ist klug.«

Robert Walser
Weihnacht

In einem Buch ich las
von einem Städtchen zart wie Glas;
Die Dächer, Türme, Giebel
hatten etwas von einer Fibel,
und Niedlichkeiten gab es da,
wie man sie zierl'cher nirgends sah.
Jeweilen um das Weihnachtsfest
kamen Schauspieler in das Nest
mit Heroinen und Novizen
und nigelnagelneuen Witzen.
Wie war Amalia im Park
in der Franzmoorabfert'gung stark.
Entzückend zückte sie den Degen
ihret- und ihres Lieblings wegen.
Tragisch marschierte auf die Bühne
Hamlet, der Däne, und der Hüne
Othello taumelte zur Erde
mit eifersüchtiger Gebärde.
Dieweil man noch ein Knabe sei,
agierte man im Wald Karl May,
an dessen »Sklavenkarawane«
ich hiemit literarisch mahne.
Zur schönen Weihnachtszeit glich kaum
das Kleinstadtbild nicht einem Traum.

Gottfried Keller
Weihnachtsmarkt

Welch' lustiger Wald um das hohe Schloß
Hat sich zusammengefunden,
Ein grünes bewegliches Nadelgehölz,
Von keiner Wurzel gebunden!

Anstatt der warmen Sonne scheint
Das Rauschgold durch die Wipfel;
Hier backt man Kuchen, dort brät man Wurst,
Das Räuchlein zieht um die Gipfel.

Es ist ein fröhliches Leben im Wald,
Das Volk erfüllet die Räume;
Die nie mit Tränen ein Reis gepflanzt,
Die fällen am frohsten die Bäume.

Der Eine kauft ein bescheidnes Gewächs
Zu überreichen Geschenken,
Der Andre einen gewaltigen Strauch,
Drei Nüsse daran zu henken.

Dort feilscht um ein winziges Kieferlein
Ein Weib mit scharfen Waffen;
Der dünne Silberling soll zugleich
Den Baum und die Früchte verschaffen.

Mit rosiger Nase schleppt der Lakai
Die schwere Tanne von hinnen;

Das Zöfchen trägt ein Leiterchen nach,
Zu ersteigen die grünen Zinnen.

Und kommt die Nacht, so singt der Wald
Und wiegt sich im Gaslichtscheine;
Bang führt die ärmste Mutter ihr Kind
Vorüber dem Zauberhaine.

Einst sah ich einen Weihnachtsbaum:
Im düstern Bergesbanne
Stand reifbezuckert auf dem Grat
Die alte Wettertanne.

Und zwischen den Ästen waren schön
Die Sterne aufgegangen;
Am untersten Ast sah man entsetzt
Die alte Wendel hangen.

Hell schien der Mond ihr in's Gesicht,
Das festlich still verkläret;
Weil auf der Welt sie nichts besaß,
Hatt' sie sich selbst bescheret.

Robert Walser
Der Weihnachtsbaum

Was kümmert uns die kalte Nacht?
Es strahlt so lieblich in der Stube.
Da steht ein Bäumchen auf dem Tisch,
mit Silber und mit Gold geschmückt,
behängt mit lust'gen Leckereien,
und in den grünen Tannenzweigen
sind Kerzen, und die schimmern nun
beinah' wie Sterne, und nun geht
die Türe auf, es tritt herein
die wißbegier'ge Schar der Kinder,
sacht von den Eltern hergeführt.
Die zeigen und erklären ihnen
des Bäumchens leuchtende Erscheinung.
Sind da die Kinder nicht schier selig?
So was begreift sich ganz von selbst.
So zarte, reine, gute Seelen
sind fähig noch des schönsten Glückes.
Was kommt nun aber gänzlich Neues?
Das Weihnachtskindchen tritt herein,
die Zauberin, die holde Fee,
weiß wie der Schnee und süß wie Zucker
und gnädig wie ein überird'sches
Wesen, als hätt' sie eben noch
im Himmelreich sich aufgehalten
und käm' direkt vom lieben Gott,
und tut den Mund nun auf und spricht:
»Weil ihr das Jahr hindurch so folgsam
und artig und adrett gewesen,

nichts Sündliches begangen habt,
so geb' ich euch nun allerlei
Geschenke.« Damit führt sie sie
hin zu dem Baum und gibt jedwedem
das Seinige und lächelt, und
die Kinder tun es ebenfalls
und danken dann den lieben Eltern
für ihre Treu' und ihre Sorgfalt,
und diese küssen sie, so daß sie
allseitig sich in bestem Sinn
erfreuen und einander gut sind.
Welch heiliges und hohes Fest
und wunderliebliches Empfinden,
und während sie im kleinen Kreis
froh sind und um den Baum herum
die Angehörigkeit verkörpern,
läuten die Glocken durch die Welt,
daß überall, wo Menschen wohnen,
Lieb' und Vertraun lebendig werden.
Schlimm stünd's um uns, wenn solche Dinge
uns nichts bedeuteten, das aber
ist Gott sei Dank noch nicht der Fall. –

August Heinrich Hoffmann von Fallersleben
O schöne, herrliche Weihnachtszeit!

O schöne, herrliche Weihnachtszeit!
Was bringst du Lust und Fröhlichkeit!
Wenn der heilige Christ in jedem Haus
teilt seine lieben Gaben aus.
Und ist das Häuschen noch so klein,
so kommt der heilige Christ hinein,
und alle sind ihm lieb wie die Seinen,
die Armen und Reichen, die Grossen und Kleinen.
Der heilige Christ an alle denkt,
ein jedes wird von ihm beschenkt.
Drum lasst uns freuen und dankbar sein!
Er denkt auch unser, mein und dein!

Johann Wolfgang Goethe
Christgeschenk

Mein süßes Liebchen! Hier in Schachtelwänden
Gar mannigfalt geformte Süßigkeiten:
Die Früchte sind es heil'ger Weihnachtszeiten,
Gebackne nur, den Kindern auszuspenden!

Dir möcht' ich dann mit süßen Redewenden
Poetisch Zuckerbrot zum Fest bereiten;
Allein was soll's mit solchen Eitelkeiten?
Weg den Versuch, mit Schmeichelei zu blenden!

Doch gibt es noch ein Süßes, das vom Innern
Zum Innern spricht, genießbar in der Ferne,
Das kann nur bis zu dir hinüberwehen.

Und fühlst du dann ein freundliches Erinnern,
Als blinkten froh dir wohlbekannte Sterne,
Wirst du die kleinste Gabe nicht verschmähen.

Else Lasker-Schüler
Peter Baum

Er war des Tannenbaumes Urenkel,
Unter dem die Herren zu Elberfeld Gericht hielten.

Und freute sich an jedes glitzernd Wort
Und ließ sich feierlich plündern.

Dann leuchteten die beiden Saphire
In seinem fürstlichen Gesicht.

Immer drängte ich, wenn ich krank lag:
»Peter Baum soll kommen!!«

Kam er, war Weihnachten –
Ein Honigkuchen wurde dann mein Herz.

Wie konnten wir uns freuen!
Beide ganz egal.

Und oft bewachte er
Im Sessel schmausend meinen Schlummer.

Rote und gelbe Cyllaxbonbons aß er so gern;
Oft eine ganze Schüssel leer.

Nun schlummert unser lieber Pitter
Schon ewige Nächte lang.

»Wenn ich Euch alle glücklich erst
Im Himmel hätte –«

Sagte gläubig einmal zu den Söhnen
Seine Mutter.

Nun ist der Peter fern bewahrt
Im Himmel.

Und um des Dichters Riesenleib auf dem
Soldatenkirchhof
Wächst sanft die Erde pietätvoll.

Christian Morgenstern
Das Weihnachtsbäumlein

Es war einmal ein Tännelein
mit braunen Kuchenherzlein
und Glitzergold und Äpflein fein
und vielen bunten Kerzlein:
Das war am Weihnachtsfest so grün
als fing es eben an zu blühn.

Doch nach nicht gar zu langer Zeit,
da stands im Garten unten,
und seine ganze Herrlichkeit
war, ach, dahingeschwunden.
Die grünen Nadeln warn verdorrt,
die Herzlein und die Kerzlein fort.

Bis eines Tags der Gärtner kam,
den fror zu Haus im Dunkeln,
und es in seinen Ofen nahm –
Hei! Tats da sprühn und funkeln!
Und flammte jubelnd himmelwärts
in hundert Flämmlein an Gottes Herz.

Johann Wolfgang Goethe
Weihnachten

Bäume leuchtend, Bäume blendend,
Überall das Süße spendend,
In dem Glanze sich bewegend,
Alt und junges Herz erregend –
Solch ein Fest ist uns bescheret,
Mancher Gaben Schmuck verehret;
Staunend schaun wir auf und nieder,
Hin und her und immer wieder.

Aber, Fürst, wenn dirs begegnet.
Und ein Abend so dich segnet,
Daß als Lichter, daß als Flammen
Vor dir glänzten allzusammen
Alles, was du ausgerichtet,
Alle, die sich dir verpflichtet:
Mit erhöhten Geistesblicken
Fühltest herrliches Entzücken.

Kurt Tucholsky
Friedens-Weihnachten

Der Weihnachtsengel schwebt ins Zimmer,
Leise, ganz leis.
Es strahlt um ihn ein heller Schimmer
In Nacht und Eis.
  Er weht um die Kerzen. Er weht um den Baum.
  Es träumen die Kinder den Weihnachtstraum.

Der Weihnachtsengel prüft die Gaben.
Kinderlein, seht!
Und wer soll diesen Helm da haben,
Der blinkend steht?
  Er ist für den jüngsten Jungen im Haus.
  Der Himmlische zieht seine Stirne kraus.

Der Weihnachtsengel probt zum Scherze
Eben den Helm.
Der blitzt noch kurz im Glanz der Kerze.
Dann lacht der Schelm.
  Und spricht: »Von allen diesen Gaben –:
  Den Helm soll Michel nie mehr haben!«

Joachim Ringelnatz
Die Weihnachtsfeier des Seemanns Kuttel Daddeldu

Die Springburn hatte festgemacht
Am Petersenkai.
Kuttel Daddeldu jumpte an Land,
Durch den Freihafen und die stille heilige Nacht
Und an dem Zollwächter vorbei.
Er schwenkte einen Bananensack in der Hand.
Damit wollte er dem Zollmann den Schädel spalten.
Wenn er es wagte, ihn anzuhalten.
Da flohen die zwei voreinander mit drohenden Reden.
Aber auf einmal trafen sich wieder beide im König
von Schweden.

Daddeldus Braut liebte die Männer vom Meere,
Denn sie stammte aus Bayern.
Und jetzt war sie bei einer Abortfrau in der Lehre,
Und bei ihr wollte Kuttel Daddeldu Weihnachten feiern.

Im König von Schweden war Kuttel bekannt als Krakeeler.
Deswegen begrüßte der Wirt ihn freundlich: »Hallo
old sailer!«
Daddeldu liebte solch freie, herzhafte Reden,
Deswegen beschenkte er gleich den König von Schweden.
Er schenkte ihm Feigen und sechs Stück Kolibri
Und sagte: »Da nimm, du Affe!«
Daddeldu sagte nie »Sie«.
Er hatte auch Wanzen und eine Masse
Chinesische Tassen für seine Braut mitgebracht.

Aber nun sangen die Gäste »Stille Nacht, Heilige Nacht«,
Und da schenkte er jedem Gast eine Tasse
Und behielt für die Braut nur noch drei.
Aber als er sich später mal darauf setzte,
Gingen auch diese versehentlich noch entzwei,
Ohne daß sich Daddeldu selber verletzte.

Und ein Mädchen nannte ihn Trunkenbold
Und schrie: er habe sie an die Beine geneckt.
Aber Daddeldu zahlte alles in englischen Pfund in Gold.
Und das Mädchen steckte ihm Christbaumkonfekt
Still in die Taschen und lächelte hold
Und goß noch Genever zu dem Gilka mit Rum in den Sekt.

Daddeldu dacht an die wartende Braut.
Aber es hatte nicht sein gesollt,
Denn nun sangen sie wieder so schön und so laut.
Und Daddeldu hatte die Wanzen noch nicht verzollt,
Deshalb zahlte er alles in englischen Pfund in Gold.

Und das war alles wie Traum.
Plötzlich brannte der Weihnachtsbaum.
Plötzlich brannte das Sofa und die Tapete,
Kam eine Marmorplatte geschwirrt,
Rannte der große Spiegel gegen den kleinen Wirt.
Und die See ging hoch und der Wind wehte.

Daddeldu wankte mit einer blutigen Nase
(Nicht mit seiner eigenen) hinaus auf die Straße.
Und eine höhnische Stimme hinter ihm schrie:

»Sie Daddel Sie!«
Und links und rechts schwirrten die Kolibri.

Die Weihnachtskerzen im Pavillon an der Mattentwiete
erloschen.
Die alte Abortfrau begab sich zur Ruh.
Draußen stand Daddeldu
Und suchte für alle Fälle nach einem Groschen.

Da trat aus der Tür seine Braut
Und weinte laut:
Warum er so spät aus Honolulu käme?
Ob er sich gar nicht mehr schäme?
Und klappte die Tür wieder zu.
An der Tür stand: »Für Damen.«

Es dämmerte langsam. Die ersten Kunden kamen,
Und stolperten über den schlafenden Daddeldu.

Theodor Storm
Weihnachtslied

Vom Himmel in die tiefsten Klüfte
Ein milder Stern herniederlacht;
Vom Tannenwalde steigen Düfte
Und hauchen durch die Winterlüfte,
Und kerzenhelle wird die Nacht.

Mir ist das Herz so froh erschrocken,
Das ist die liebe Weihnachtszeit!
Ich höre fernher Kirchenglocken
Mich lieblich heimatlich verlocken
In märchenstille Herrlichkeit.

Ein frommer Zauber hält mich wieder,
Anbetend, staunend muß ich stehn;
Es sinkt auf meine Augenlider
Ein goldner Kindertraum hernieder,
Ich fühl's, ein Wunder ist geschehn.

Novalis
Fern im Osten wird es helle

Fern im Osten wird es helle,
Graue Zeiten werden jung;
Aus der lichten Farbenquelle
Einen langen tiefen Trunk!
Alter Sehnsucht heilige Gewährung,
Süße Lieb' in göttlicher Verklärung.

Endlich kommt zur Erde nieder
Aller Himmel selges Kind,
Schaffend im Gesang weht wieder
Um die Erde Lebenswind,
Weht zu neuen ewig lichten Flammen
Längst verstiebte Funken hier zusammen.

Überall entspringt aus Grüften
Neues Leben, neues Blut,
Ewgen Frieden uns zu stiften,
Taucht er in die Lebensflut;
Steht mit vollen Händen in der Mitte
Liebevoll gewärtig jeder Bitte.

Lasse seine milden Blicke
Tief in deine Seele gehn,
Und von seinem ewgen Glücke
Sollst du dich ergriffen sehn.
Alle Herzen, Geister und die Sinnen
Werden einen neuen Tanz beginnen.

Greife dreist nach seinen Händen,
Präge dir sein Antlitz ein,
Mußt dich immer nach ihm wenden,
Blüte nach dem Sonnenschein;
Wirst du nur das ganze Herz ihm zeigen,
Bleibt er wie ein treues Weib dir eigen.

Unser ist sie nun geworden,
Gottheit, die uns oft erschreckt,
Hat im Süden und im Norden
Himmelskeime rasch geweckt.
Und so laßt im vollen Gottesgarten
Treu uns jede Knosp' und Blüte warten.

Annette von Droste-Hülshoff
Am Dritten Sonntage im Advent

Johannes sendet zu Christo. Matthäus 11. »Bist du, der kommen soll, oder sollen wir auf einen andern warten? – Siehe, ich sende einen Engel vor deinem Angesichte her, der deinen Weg bereiten soll.«

Auf keinen andern wart' ich mehr:
Wer soll noch Liebres kommen mir?
Wer würde mild und doch so hehr
Mir treten an des Herzens Tür?
Wer durch des Fiebers Qual und Brennen
So liebreich meinen Namen nennen,
Ein Balsamträufeln für und für?

Du wußtest es von Ewigkeit,
Daß der Gedanken Übermaß,
Dem Sinn entzogne Herrlichkeit,
Zersprengen müßt' mein Hirn wie Glas;
So kamst du niedrig, meinesgleichen,
Wie zu der Armut Fromme schleichen,
Dich setzend, wo der Bettler saß.

Wenn fast zum Schwindeln mich gebracht
Der wirbelnden Betrachtung Kreis,
Dann trittst du aus der Dünste Nacht,
Und deine Stimme flüstert leis:
Hier bin ich, bin ich, woll' mich fassen,
Dann magst du alles andre lassen:
Auf meinem Kreuze liegt der Preis.

O Stimme, immer mir bekannt,
O Wort, das stets verständlich mir,
Du legst mir auf der Liebe Band,
Und meine Schritte folgen dir:
In Liebe glaub' ich, liebewund
Schieb ich des Herzens Tür auf, und
Geschlossen ist des Grübelns Tür,

Gehemmt die Jagd, durch scharfen Stein
Und Dornen hetzend meinen Fuß;
Ich ruh' in deinem kühlen Hain
Und lausche deinem sanften Gruß;
Die Blinden sehn, die Kalten glühen,
Und aus des Irren Haupte ziehen
Der dumpfen Schatten Menge muß.

Ich folge dir zu Berges Höhn,
Wo Leben von den Lippen fließt,
Und deine Tränen darf ich sehn,
O tausendmal mit Heil gegrüßt,
Muß in Gethsemane erzittern,
Daß Schrecken Gottes Leib erschüttern,
Blutschweiße Gottes Stirn vergießt.

Er hat gehorsam bis zum Tod,
Ja zu des Todes eitlem Graus,
Gekostet jede Menschennot
Und trank den vollen Becher aus:
So richte dich aus Dorn und Höhle,
Du meine angstgeknickte Seele;
Auch du nur trägst ein irdisch Haus.

Laß wanken den standmüden Bau
Und mische deine Tränen nur
Mit deines Heilands blut'gem Tau,
Gequälter Sklave der Natur;
Er, dessen Schweiß den Grund gerötet,
Er weiß es, wie ein Seufzer betet,
Mein Jesus, meine Hoffnungsau!

Bertolt Brecht
Die gute Nacht

Der Tag, vor dem der große Christ
Zur Welt geboren worden ist
War hart und wüst und ohne Vernunft.
Seine Eltern, ohne Unterkunft
Fürchteten sich vor seiner Geburt
Die gegen Abend erwartet wurd.
Denn seine Geburt fiel in die kalte Zeit.
Aber sie verlief zur Zufriedenheit.
Der Stall, den sie doch noch gefunden hatten
War warm und mit Moos zwischen seinen Latten
Und mit Kreide war auf die Tür gemalt
Daß der Stall bewohnt war und bezahlt.
So wurde es doch noch eine gute Nacht
Auch das Heu war wärmer, als sie gedacht.
Ochs und Esel waren dabei
Damit alles in der Ordnung sei.
Eine Krippe gab einen kleinen Tisch
Und der Hausknecht brachte ihnen heimlich einen Fisch.
(Denn es mußte bei der Geburt des großen Christ
Alles heimlich gehen und mit List.)
Doch der Fisch war ausgezeichnet und reichte durchaus
Und Maria lachte ihren Mann wegen seiner Besorgnis aus
Denn am Abend legte sich sogar der Wind
Und war nicht mehr so kalt, wie die Winde sonst sind.
Aber bei Nacht war er fast wie ein Föhn.
Und der Stall war warm und das Kind war sehr schön.
Und es fehlte schon fast gar nichts mehr
Da kamen auch noch die Dreikönig daher!

Maria und Joseph waren zufrieden sehr.
Sie legten sich sehr zufrieden zum Ruhn
Mehr konnte die Welt für den Christ nicht tun.

Ludwig Thoma
Heilige Nacht

So ward der Herr Jesus geboren
Im Stall bei der kalten Nacht.
Die Armen, die haben gefroren,
Den Reichen war's warm gemacht.

Sein Vater ist Schreiner gewesen,
Die Mutter war eine Magd.
Sie haben kein Geld nicht besessen,
Sie haben sich wohl geplagt.

Kein Wirt hat ins Haus sie genommen;
Sie waren von Herzen froh,
Daß sie noch in Stall sind gekommen.
Sie legten das Kind auf Stroh.

Die Engel, die haben gesungen,
Daß wohl ein Wunder geschehn.
Da kamen die Hirten gesprungen
Und haben es angesehn.

Die Hirten, die will es erbarmen,
Wie elend das Kindlein sei.
Es ist eine G'schicht' für die Armen,
Kein Reicher war nicht dabei.

Friedrich Rückert
Das Kind ist uns geboren

Man sagt mir, daß die Nacht wir heute feiern,
In der das Kind uns ist geboren worden;
Ich hört auch längst der Pifferari Orden
Frühmorgens mir es in die Ohren leiern.

Weihnachten ist mit stillen weißen Schleiern,
Gewebt aus Schnee, geschmückt bei uns im Norden
Und hier, so grün ist's an der Tiber Borden,
Wie dort zum Feste mit den bunten Eiern.

Die Glocken klingen festlich, wie zu Hause;
Doch anders als sie dort den Klang empfanden,
Empfinden hier ihn die erstaunten Ohren.

Mir ist, als ob mit hellbewegtem Brause
Sie immer läuteten: Christ ist erstanden!
Statt, wie es sich gebührt: Christ ist geboren!

Eduard Mörike
Die heilige Nacht

Gesegnet sei die Heilige Nacht,
Die uns das Licht der Welt gebracht! –

Wohl unterm lieben Himmelszelt
Die Hirten lagen auf dem Feld.

Ein Engel Gottes, licht und klar,
Mit seinem Gruß tritt auf sie dar.

Vor Angst sie decken ihr Angesicht,
Da spricht der Engel: »Fürcht't euch nicht!

Ich verkünd' euch große Freud:
Der Heiland ist euch geboren heut.«

Da gehn die Hirten hin in Eil,
Zu schaun mit Augen das ewig Heil;

Zu singen dem süßen Gast Willkomm,
Zu bringen ihm ein Lämmlein fromm. –

Bald kommen auch gezogen fern
Die Heil'gen Drei König' mit ihrem Stern.

Sie knien vor dem Kindlein hold,
Schenken ihm Myrrhen, Weihrauch, Gold.

Vom Himmel hoch der Engel Heer
Frohlocket: »Gott in der Höh sei Ehr!«

Johannes Tauler
Weihnachtslied

Es kommt ein Schiff geladen
Bis an sein'n höchsten Bord;
Es trägt Gott's Sohn voll'r Gnaden,
Des Vaters ewig's Wort.

Das Schiff geht still im Triebe,
Es trägt ein' teure Last;
Der Segel ist die Liebe,
Der heil'ge Geist der Mast.

Der Anker haft't auf Erden,
Und das Schiff ist am Land;
Gott's Wort thut uns Fleisch werden,
Der Sohn ist uns gesandt.

Zu Bethlehem geboren
Im Stall ein Kindelein,
Giebt sich für uns verloren;
Gelobet muß es sein.

Und wer dies Kind mit Freuden
Küssen, umfangen will,
Der muß vor mit ihm leiden
Groß Pein und Marter viel;

Danach mit ihm auch sterben
Und geistlich auferstehn,
Ewig's Leben zu erben,
Wie an ihm ist geschehn.

Martin Luther
Ein Lobgesang von der Geburt Christi

Gelobet seist du, Jesu Christ,
daß du Mensch geboren bist
von einer Jungfrau, das ist wahr;
des freuet sich der Engel Schar.
Kyrieleis.

Des ewgen Vaters einig Kind
jetzt man in der Krippe findt.
In unser armes Fleisch und Blut
verkleidet sich das ewig Gut.
Kyrieleis.

Den aller Welt Kreis nie umschloß,
der liegt in Marien Schoß.
Er ist ein Kindlein worden klein,
der alle Ding erhält allein.
Kyrieleis.

Das ewig Licht geht da herein,
gibt der Welt ein neuen Schein.
Es leucht wohl mitten in der Nacht
und uns des Lichtes Kinder macht.
Kyrieleis.

Der Sohn des Vaters, Gott von Art,
ein Gast in der Welte ward
und führt uns aus dem Jammertal;

er macht uns Erben in sei'm Saal.
Kyrieleis.

Er ist auf Erden kommen arm,
daß er unser sich erbarm
und in dem Himmel mache reich
und seinen lieben Engeln gleich.
Kyrieleis.

Das hat er alles uns getan,
sein groß Lieb zu zeigen an.
Des freu sich alle Christenheit
und dank ihm des in Ewigkeit.
Kyrieleis.

Johann Gottfried Herder
Weihnachtsgesang

Die ganze Menschheit freue sich!
Du, der Mensch bist, freue dich!
Geboren ist der gute Hirt,
Der alle Völker weiden wird,
In Treu und Wahrheit.

Mit göttlichgroßem Königssinn
Gibt er sich zum Opfer hin;
Er nimmt auf sich die Last der Zeit;
Verachtung, Schmach, Undankbarkeit
Erwarten seiner.

Doch Gottesgeist belebet ihn!
Jedem Frevler wird er kühn
Die Larv' entreißen; suchen wird
Er das Verlorne, was verirrt
Ist, wiederbringen,

Sein Zeichen ist die Dürftigkeit,
Menschenhuld sein Ehrenkleid,
Erbarmen ziehet ihn heran:
Der Völker Heil ist seine Bahn
Zum Himmelsfrieden.

Drum singen froh willkommend ihm
Cherubim und Seraphim
Ihr »Ehre sei Gott in der Höh'

Und Fried' auf Erden! Leid und Weh
Wird Wohlgefallen!«

Wir stimmen der Willkommung ein:
Unser Hirte soll er sein,
In Wahrheit und Gerechtigkeit,
In Unschuld, Lieb und Freundlichkeit
und Menschengüte.

Wer unser arm Geschlecht entehrt,
Ist nicht dieses Königs wert;
Wer Menschen hasset und betrübt,
Nicht statt des Bösen Gutes gibt,
Ist sein nicht würdig.

O stimmt der Engel Glückwunsch bei:
»Fried auf Erden! Friede sei
Den Menschen!« So ist Gram und Leid
Verschwunden. Unser Herz erfreut
Sein Wohlgefallen.

Conrad Ferdinand Meyer
Friede auf Erden

Da die Hirten ihre Herde
Ließen und des Engels Worte
Trugen durch die niedre Pforte
Zu der Mutter und dem Kind,
Fuhr das himmlische Gesind
Fort im Sternenraum zu singen,
Fuhr der Himmel fort zu klingen:
Friede, Friede! auf der Erde!

Seit die Engel so geraten,
O wie viele blut'ge Taten
Hat der Streit auf wildem Pferde,
Der geharnischte, vollbracht!
In wie mancher heil'gen Nacht
Sang der Chor der Geister zagend,
Dringlich flehend, leis verklagend:
Friede, Friede ... auf der Erde!

Doch es ist ein ew'ger Glaube,
Daß der Schwache nicht zum Raube
Jeder frechen Mordgebärde
Werde fallen allezeit:
Etwas wie Gerechtigkeit
Webt und wirkt in Mord und Grauen,
Und ein Reich will sich erbauen,
Das den Frieden sucht der Erde.

Mählich wird es sich gestalten,
Seines heil'gen Amtes walten,
Waffen schmieden ohne Fährde,
Flammenschwerter für das Recht,
Und ein königlich Geschlecht
Wird erblühn mit starken Söhnen,
Dessen helle Tuben dröhnen:
Friede, Friede auf der Erde!

Robert Walser
Das Christkind

Nicht glänzend ging es damals zu,
ein Kälbchen machte friedlich muh,
ein Eselchen stand an der Krippe,
beschnüffelte mit seiner Lippe
ein kleines Bündelchen von Stroh,
es gab noch keinen Bernhard Shaw,
ein Satz, womit ich illustriere
die Einfalt meiner lieben Tiere,
die man am Abhang weiden sah.
Als sei die Nacht dem Tage nah,
war's hell üb'rall in der Umgebung,
und in bezug auf die Bewegung,
die ich dem Lied hier geben will,
verhielt sich die Madonna still,
als sei sie selig; ihr Gemahl
stand im durchaus nicht prächt'gen Saal,
als habe sich hier nimmermehr
etwas ereignet, das er sehr
schwer etwa hätte nehmen müssen.
Die Hirten würden es nun grüßen,
das kindlich auf dem Schoß ihr lag,
und ich nun nichts mehr sagen mag,
weil es mir scheint, was ich berichte,
beziehe sich auf Weltgeschichte.
In engem Stalle fing die Bahn
von etwas Einflußreichem an.

Robert Walser
Maria im Zelt

Sie nahm ihr Kind bloß auf den Schoß,
wurde verehrenswert und groß.
In allem erdenklichen schönen Sinn
knieten Könige vor ihr hin.
Sie wußte nicht, woher sie's hatte,
die reine Inbrunst war ihr Gatte.
So hättest du's auch machen sollen,
anschauen mit solch würdevollen
Augen, was zu Gesicht dir kam,
mit solcher majestät'schen Scham,
so voll Bewußtsein, daß die Liebe
zum Kinde unantastbar bliebe.
Die Geschenke ihr zu Füßen,
betrachtet sie den Süßen,
und durch das ganze Rund
der Erde gibt sich kund
ein frohes Anerkennenmüssen,
von Mund zu Mund ein Grüßen.
Und so gescheit wir worden sind,
wir knien noch heut' vor diesem Kind.
Weshalb stellt
sich alle Welt
vor dem Zelt auf die Zehe,
drängt einer den andern in die Nähe,
daß er's sähe?

Rainer Maria Rilke
Geburt Christi

Hättest du der Einfalt nicht, wie sollte
dir geschehn, was jetzt die Nacht erhellt?
Sieh, der Gott, der über Völkern grollte,
macht sich mild und kommt in dir zur Welt.

Hast du dir ihn größer vorgestellt?

Was ist Größe? Quer durch alle Maße,
die er durchstreicht, geht sein grades Los.
Selbst ein Stern hat keine solche Straße.
Siehst du, diese Könige sind groß,

und sie schleppen dir vor deinen Schoß

Schätze, die sie für die größten halten,
und du staunst vielleicht bei dieser Gift –:
aber schau in deines Tuches Falten,
wie er jetzt schon alles übertrifft.

Aller Amber, den man weit verschifft,

jeder Goldschmuck und das Luftgewürze,
das sich trübend in die Sinne streut:
alles dieses war von rascher Kürze,
und am Ende hat man es bereut.

Aber (du wirst sehen): Er erfreut.

Paul Gerhardt
Ich steh an deiner Krippen hier

Ich steh an deiner Krippen hier,
O Jesulein, mein Leben;
Ich komme, bring und schenke dir,
Was du mir hast gegeben.
Nimm hin, es ist mein Geist und Sinn,
Herz, Seel und Mut, nimm alles hin
Und laß dir's wohlgefallen.

Du hast mit deiner Lieb erfüllt
Mein Adern und Geblüte,
Dein schöner Glanz, dein süßes Bild
Liegt mir ganz im Gemüte.
Und wie mag es auch anders sein:
Wie könnt ich dich, mein Herzelein,
Aus meinem Herzen lassen!

Da ich noch nicht geboren war,
Da bist du mir geboren
Und hast mich dir zu eigen gar,
Eh ich dich kannt, erkoren.
Eh ich durch deine Hand gemacht,
Da hast du schon bei dir bedacht,
Wie du mein wolltest werden.

Ich lag in tiefster Todesnacht,
Du warest meine Sonne,
Die Sonne, die mir zugebracht
Licht, Leben, Freud und Wonne.

O Sonne, die das werte Licht
Des Glaubens in mir zugericht't,
Wie schön sind deine Strahlen!

Ich sehe dich mit Freuden an
Und kann mich nicht satt sehen,
Und weil ich nun nicht weiter kann,
So tu ich, was geschehen.
O daß mein Sinn ein Abgrund wär
Und meine Seel ein weites Meer,
Daß ich dich möchte fassen!

Vergönne mir, o Jesulein,
Daß ich dein Mündlein küsse,
Das Mündlein, das den süßen Wein,
Auch Milch und Honigflüsse
Weit übertrifft in seiner Kraft,
Es ist voll Labsal, Stärk und Saft,
Der Mark und Bein erquicket.

Wenn oft mein Herz im Leibe weint
Und keinen Trost kann finden,
Da ruft mir's zu: Ich bin dein Freund,
Ein Tilger deiner Sünden!
Was trauerst du, mein Brüderlein?
Du sollst ja guter Dinge sein,
Ich zahle deine Schulden.

Wer ist der Meister, der allhier
Nach Würden aus kann streichen
Die Händlein, so dies Kindlein mir

Beginnet zuzureichen?
Der Schnee ist hell, die Milch ist weiß,
Verlieren doch beid ihren Preis,
Wann diese Händlein blicken.

Wo nehm ich Weisheit und Verstand,
Mit Lobe zu erhöhen
Die Äuglein, die so unverwandt
Nach mir gerichtet stehen?
Der volle Mond ist schön und klar,
Schön ist der güldnen Sterne Schar,
Dies' Äuglein sind viel schöner.

O daß doch ein so lieber Stern
Soll in der Krippen liegen!
Für edle Kinder großer Herrn
Gehören güldne Wiegen.
Ach, Heu und Stroh ist viel zu schlecht,
Samt, Seide, Purpur wären recht,
Dies Kindlein drauf zu legen.

Nehmt weg das Stroh, nehmt weg das Heu,
Ich will mir Blumen holen,
Daß meines Heilands Lager sei
Auf Kränzen und Violen.
Mit Rosen, Nelken, Rosmarin
Aus schönen Gärten will ich ihn
Von obenher bestreuen.

Zur Seiten will ich hie und da
Viel weiße Lilien stecken,

Die sollen seiner Äuglein Paar
Im Schlafe sanft bedecken.
Doch liebt viel mehr das dürre Gras
Dies Kindelein, als alles das,
Was ich hier nenn und denke.

Du fragest nicht nach Lust der Welt
Noch nach des Leibes Freuden,
Du hast dich bei uns eingestellt,
An unsrer Statt zu leiden,
Suchst meiner Seelen Herrlichkeit,
Durch dein selbsteignes Herzeleid,
Das will ich dir nicht wehren.

Eins aber, hoff ich, wirst du mir,
Mein Heiland, nicht versagen:
Daß ich dich möge für und für
In, bei und an mir tragen.
So laß mich doch dein Kripplein sein;
Komm, komm und lege bei mir ein
Dich und all deine Freuden.

Zwar sollt ich denken, wie gering
Ich dich bewirten werde,
Du bist der Schöpfer aller Ding,
Ich bin nur Staub und Erde.
Doch bist du so ein frommer Gast,
Daß du noch nie verschmähest hast
Den, der dich gerne siehet.

Annette von Droste-Hülshoff
Am Weihnachtstage

Lukas 2.

Durch alle Straßen wälzt sich das Getümmel,
Maultier, Kamele, Treiber – welch Gebimmel! –
Als wolle wieder in die Steppe ziehn
Der Same Jakobs, und Judäas Himmel,
Ein Saphirscheinen über dem Gewimmel,
Läßt blendend seine Funkenströme sprühn.

Verschleiert Frauen durch die Gassen schreiten.
Schweißtriefend vom beladnen Tiere gleiten
Bejahrte Mütterchen; allüberall
Geschrei und Treiben wie vor Jehus Wagen:
Läßt wieder Jezabel ihr Antlitz ragen
Aus jener Säulen luftigem Portal?

's ist Rom, die üpp'ge Priesterin der Götzen,
Die glänzendste und grausamste der Metzen,
Die ihre Sklaven zählt zu dieser Zeit.
Mit einem Griffel, noch von Blute träufend,
Gräbt sie in Tafeln, Zahl auf Zahlen häufend,
Der Buhlen Namen, so ihr Schwert gefreit.

O Israel, wo ist dein Stolz geblieben?
Hast du die Hände blutig nicht gerieben,
Und deine Träne, war sie siedend Blut?
Nein, als zum Marktplatz deine Scharen wallen,

Verkaufend, feilschend unter Tempels Hallen;
Mit ihrem Gott zerronnen ist ihr Mut!

Zum trüben Irrwisch ward die Feuersäule,
Der grüne Aaronsstab zum Henkerbeile,
Und grausig übersteint das tote Wort
Liegt eine Mumie im heil'gen Buche,
Drin sucht der Pharisäer nach dem Fluche,
Ihn donnernd über Freund und Fremdling fort.

So, Israel, bist du gereift zum Schnitte,
Wie reift die Distel in der Steppe Mitte;
Und wie du stehst in deinem grimmen Haß
Genüber der geschminkt und hohlen Buhle,
Seid gleich ihr vor gerechtem Richterstuhle,
Von Blute sie und du von Geifer naß.

O tauet, Himmel, tauet den Gerechten!
Ihr Wolken, regnet ihn, den wahr und echten
Messias, den Judäa nicht erharrt!
Den Heiligen und Milden und Gerechten,
Den Friedenskönig unter Hassesknechten,
Gekommen zu erwärmen, was erstarrt!

Still ist die Nacht; in seinem Zelt geborgen
Der Schriftgelehrte späht mit finstren Sorgen,
Wenn Judas mächtiger Tyrann erscheint.
Den Vorhang lüftet er, nachstarrend lange
Dem Stern, der gleitet über Äthers Wange,
Wie Freudenzähre, die der Himmel weint.

Und fern vom Zelte über einem Stalle,
Da ist's, als ob aufs niedre Dach er falle;
In tausend Radien sein Licht er gießt:
Ein Meteor! so dachte der Gelehrte,
Als langsam er zu seinen Büchern kehrte.
O weißt du, wen das niedre Dach umschließt?

In einer Krippe ruht ein neugeboren
Einschlummernd Kindlein; wie im Traum verloren
Die Mutter knieet, Weib und Jungfrau doch.
Ein ernster, schlichter Mann rückt tief erschüttert
Das Lager ihnen; seine Rechte zittert
Dem Schleier nahe um den Mantel noch.

Und an der Türe stehn geringe Leute,
Mühsel'ge Hirten, doch die Ersten heute,
Und in den Lüften klingt es süß und lind,
Verlorne Töne von der Engel Liede:
Dem Höchsten Ehr' und allen Menschen Friede,
Die eines guten Willens sind!

Ludwig Achim von Arnim
Weihnacht

Es klingt von aller Festlichkeit
Kein Ton in diese Einsamkeit,
Das ganze Land ist weiß verschneit,
Die Sonne zieht von hier so weit,
Und graue Wolken drängen dicht
Sich um das schwache Sternenlicht.

Kein Hirte weilt hier auf dem Feld
Kein Weiser sieht hier einen Stern,
Der blinde Glaub, ein tapfrer Held
Blickt doch zu dir dem ewgen Herrn,
Was auch die Welt ihm angetan
Es wird verschwinden wie ein Wahn.

Wer ihn gekränkt mit bitterm Hohn,
Ihm hat verziehen Gott der Sohn,
Wer ihn gestoßen von dem Thron
Wird bald ihm dienen ohne Lohn
Und wer die Kirche hat zerstört,
In ihren Trümmern sich bekehrt.

Zum Heiligtum wird jeder Stein
Und wo ich wandle ganz allein,
Da ziehts mich nieder mich zu weihn
Mit meinen Tränen heißer Pein,
Ja mich umgibt hier die Gemein
Und drängt sich her im Nebelschein.

Der Schnee zerschmilzt von dieser Höh
Die Fundament ich wieder seh,
Am Altar ich hier wieder steh
Den ich als Kind verließ mit Weh,
Und dieser fremde Pilgerchor,
Baut rings die neue Kirch empor.

Wo ist des Wahnes irre Macht
Wo ist das Dunkel dieser Nacht,
Es drang die Menschheit aus dem Schacht,
Und trägt die unterirdsche Pracht
Zu diesem Bau voll Herrlichkeit
Mit Demant ist die Erd beschneit.

Vergeben und vergessen heißt
Der neuen Lehre tiefer Geist,
Die Flut sich vor dem Schiff enteist
Das dieser Sturm nach Morgen reißt
Ich bin der Hirt, der Weise auch
Seit mich ergriff der heilge Hauch.

Ich stehe an des Stalles Tür
Daß ich kann opfern nach Gebühr
Was ich im Namen aller führ
Daß ich die goldenen Saiten rühr
Und still des Kindleins Trauerschrein
Weil es sich sah so ganz allein.

Ja in dem Kinde wacht die Nacht,
Die uns erstrahlt und noch umwacht,
Es hat das Heil der Welt gebracht

O seht wie es nun strahlend lacht,
So wird die Sonne nun ein Bild
Von seinem Antlitz mächtig mild.

Wo ich in Einsamkeit verschneit
Umschließt mich nun Geselligkeit
Zum Gleichnis wird der Frühlingsschein
Zu dieses Kindleins Blicken rein
Es zeigt die holde Frühlingszeit
Doch nur die Welt in Freudigkeit.

Heinrich Heine
Die heil'gen drei Könige aus dem Morgenland

Die heil'gen drei Könige aus Morgenland,
Sie frugen in jedem Städtchen:
Wo geht der Weg nach Bethlehem,
Ihr lieben Buben und Mädchen?

Die Jungen und Alten, sie wußten es nicht,
Die Könige zogen weiter;
Sie folgten einem goldenen Stern,
Der leuchtete lieblich und heiter.

Der Stern blieb stehn über Josephs Haus,
Da sind sie hineingegangen;
Das Oechslein brüllte, das Kindlein schrie,
Die heil'gen drei Könige sangen.

Rainer Maria Rilke
Die Heiligen Drei Könige

Legende

Einst als am Saum der Wüsten sich
auftat die Hand des Herrn
wie eine Frucht, die sommerlich
verkündet ihren Kern,
da war ein Wunder: Fern
erkannten und begrüßten sich
drei Könige und ein Stern.

Drei Könige von Unterwegs
und der Stern Überall,
die zogen alle (überlegs!)
so rechts ein Rex und links ein Rex
zu einem stillen Stall.

Was brachten die nicht alles mit
zum Stall von Bethlehem!
Weithin erklirrte jeder Schritt,
und der auf einem Rappen ritt,
saß samten und bequem.
Und der zu seiner Rechten ging,
der war ein goldner Mann,
und der zu seiner Linken fing
mit Schwung und Schwing
und Klang und Kling
aus einem runden Silberding,

das wiegend und in Ringen hing,
ganz blau zu rauchen an.

Da lachte der Stern Überall
so seltsam über sie,
und lief voraus und stand am Stall
und sagte zu Marie:
Da bring ich eine Wanderschaft
aus vieler Fremde her.
Drei Könige mit magenkraft*,
von Gold und Topas schwer
und dunkel, tumb und heidenhaft, –
erschrick mir nicht zu sehr.
Sie haben alle drei zuhaus
zwölf Töchter, keinen Sohn,
so bitten sie sich deinen aus
als Sonne ihres Himmelblaus
und Trost für ihren Thron.
Doch mußt du nicht gleich glauben: bloß
ein Funkelfürst und Heidenscheich
sei deines Sohnes Los.
Bedenk, der Weg ist groß.
Sie wandern lange, Hirten gleich,
inzwischen fällt ihr reifes Reich
weiß Gott wem in den Schoß.
Und während hier, wie Westwind warm,
der Ochs ihr Ohr umschnaubt,
sind sie vielleicht schon alle arm
und so wie ohne Haupt.

* mittelhochdeutsch: ›Macht‹ (RMR)

Drum mach mit deinem Lächeln licht
die Wirrnis, die sie sind,
und wende du dein Angesicht
nach Aufgang und dein Kind;
dort liegt in blauen Linien,
was jeder dir verließ:
Smaragda und Rubinien
und die Tale von Türkis.

Johann Wolfgang Goethe
Epiphaniasfest

Die heiligen drei Kön'ge mit ihrem Stern,
sie essen, sie trinken und bezahlen nicht gern;
sie essen gern, sie trinken gern,
sie essen, sie trinken und bezahlen nicht gern.

Die heiligen drei Kön'ge, sie kommen allhier,
es sind ihrer drei und nicht ihrer vier,
und wenn zu drein der vierte wär,
so wär ein heiliger drei König mehr.

Ich erster bin der weiß und auch der schön,
bei Tage solltet ihr mich erst sehn!
Doch ach, mit allen Spezerein
werd ich mein Tag kein Mädchen mehr erfreun.

Ich aber bin der braun und bin der lang,
bekannt bei Weibern wohl und bei Gesang;
ich bringe Gold statt Spezerein,
da werd ich überall willkommen sein.

Ich endlich bin der schwarz und bin der klein
und mag auch wohl einmal recht lustig sein.
Ich esse gern, ich trinke gern,
ich esse, trinke und bedanke mich gern.

Die heiligen drei König sind wohlgesinnt,
sie suchen die Mutter und das Kind;

der Joseph fromm sitzt auch dabei,
der Ochs und Esel liegen auf der Streu.

Wir bringen Myrrhen, wir bringen Gold,
dem Weihrauch sind die Damen hold,
und haben wir Wein von gutem Gewächs,
so trinken wir drei so gut wie ihrer sechs.

Da wir hier nun schöne Herrn und Fraun,
aber keine Ochs und Esel schaun,
so sind wir nicht am rechten Ort
und ziehen unseres Weges weiter fort.

Hermann Hesse
Weihnachtsabend

Am dunklen Fenster stand ich lang
Und schaute auf die weiße Stadt
Und horchte auf den Glockenklang.
Bis nun auch er versungen hat.

Nun blickt die stille reine Nacht
Traumhaft im kühlen Winterschein.
Vom bleichen Silbermond bewacht.
In meine Einsamkeit herein.

Weihnacht! – Ein tiefes Heimweh schreit
Aus meiner Brust und denkt mit Gram
An jene ferne, stille Zeit.
Da auch für mich die Weihnacht kam.

Seither voll dunkler Leidenschaft
Lief ich auf Erden kreuz und quer
In ruheloser Wanderschaft
Nach Weisheit, Gold und Glück umher.

Nun rast' ich müde und besiegt
An meines letzten Weges Saum,
Und in der blauen Ferne liegt
Heimat und Jugend wie ein Traum.

Hermann Hesse
Weihnacht des Alten

Als ich ein Knabe war, in Weihnachtszeiten,
Wie war ich selig da und unersättlich,
Im Duft der Kerzen mit dem neuen Spielzeug
Zu spielen unterm Tannenbaum: dem Roß,
Dem Bilderbuch, der Eisenbahn, der Violine!
Und wenn auch jedes Spielzeug bald erlosch
Und Alltag wurde, jeder Weihnachtsbaum
War wieder neu, war Fest und Wunder,
Umfing mich wieder mit dem Zaubernetz.

Heut weiß ich keine neuen Spiele mehr,
Erschöpft ist Glanz und Lust, der lange Weg
Liegt hinter mir, zerbrochenen Spielzeugs voll,
Die Scherben klirren. Doch die Sehnsucht malt
Mir einen letzten, höchsten Zauber noch
In holden Farben aus: das letzte Fest,
Den Ausgang aus der Spiel- und Kinderwelt,
Den Eingang in die nächste, tief ersehnt.

Dein denk ich, wenn die leergewordne Welt
Um mich mit ihren farbigen Scherben flirrt,
Dein denk ich, letztes Spiel, geliebter Tod!
Aufglänzen wird noch einmal Kinderlust,
Noch einmal wird der dürre Christbaum blühn
Und Wunder strahlen, daß im dunkeln Schacht
Das Herz von neuer Wonne bang erquillt.
Und zwischen Kerzenglanz und Tannenduft
Und all dem Wust zerbrochner Spielerei'n

Wird aus dem wonnevollen Dunkel
Die ferne Stimme meiner Mutter rufen.

Else Lasker-Schüler
Weihnacht

Einmal kommst du zu mir in der Abendstunde
Aus meinem Lieblingssterne weich entrückt
Das ersehnte Liebeswort im Munde
Zündet meine weißen Lichte an.
Alle Zweige warten schon geschmückt.

»Wann« – ich frage seit ich dir begegnet – »wann?«
Einen Engel schnitt ich mir aus deinem goldenen Haare
Und den Traum, der mir so früh zerrann.
O ich liebe dich, ich liebe dich,
Ich liebe dich!

Hörst du, ich liebe dich – – –
Und unsere Liebe wandelt schon Kometenjahre,
Bevor du mich erkanntest und ich dich.

Quellenverzeichnis

Arnim, Ludwig Achim von (1781-1831)
Weihnacht, S. 78
Aus: Achim von Arnim, Werke. Band 5: Gedichte. Herausgegeben von Ulfert Ricklefs. Deutscher Klassiker Verlag Frankfurt am Main 1994.

Brecht, Bertolt (1898-1956)
Weihnachtslegende, S. 30
Die gute Nacht, S. 56
Aus: Bertolt Brecht, Die Gedichte in einem Band. © Suhrkamp Verlag Frankfurt am Main 1981.

Droste-Hülshoff, Annette von (1797-1848)
Am Dritten Sonntage im Advent, S. 53
Am Weihnachtstage, S. 75
Aus: Annette von Droste-Hülshoff, Sämtliche Werke. 2 Bände. Band 1: Gedichte. Herausgegeben von Bodo Placha und Winfried Woesler. Deutscher Klassiker Verlag Frankfurt am Main 1994.

Eichendorff, Joseph von (1788-1857)
Weihnachten, S. 18
Aus: Joseph von Eichendorff, Sämtliche Werke. 6 Bände. Herausgegeben von Hartwig Schultz. Band 1: Gedichte. Deutscher Klassiker Verlag Frankfurt am Main 1987.

Fallersleben, August Heinrich Hoffmann von (1798-1874)
O schöne, herrliche Weihnachtszeit, S. 40
Aus: August Heinrich Hoffmann von Fallersleben, Gesammelte Werke. Herausgegeben von Heinrich Gerstenberg. Zweiter Band: Lyrische Gedichte. Berlin 1891.

Fontane, Theodor (1819-1898)
Noch ist der Herbst nicht ganz entflohn, S. 14

Zu Weihnachten 1856, S. 32
Aus: Theodor Fontane, Gedichte in einem Band. Herausgegeben von Otto Drude. Insel Verlag Frankfurt am Main und Leipzig 1998.

Gerhardt, Paul (1607-1676)
Ich steh an deiner Krippen hier, S. 71
Aus: Wach auf mein Herz. Die Lieder des Paul Gerhardt. Herausgegeben von Eberhard von Cranach-Sichart. P. Müller Verlag, München 1949.

Goethe, Johann Wolfgang (1749-1832)
Christgeschenk, S. 41
Weihnachten, S. 45
Epiphaniasfest, S. 85
Aus: Johann Wolfgang Goethe, Gedichte in zeitlicher Folge. Herausgegeben von Heinz Nicolai. Insel Verlag Frankfurt am Main 1982.

Heine, Heinrich (1797-1856)
Die heil'gen drei Könige aus dem Morgenland, S. 81
Aus: Heinrich Heine, Werke. Band 1: Gedichte. Ausgewählt und herausgegeben von Christoph Siegrist. Insel Verlag Frankfurt am Main 1968.

Herder, Johann Gottfried (1744-1803)
Weihnachtsgesang, S. 64
Aus: Johann Gottfried Herder, Gedichte. Herausgegeben von Johann Georg Müller. J. G. Cotta'sche Buchhandlung, Stuttgart, Tübingen 1836.

Hesse, Hermann (1877-1962)
In Weihnachtszeiten, S. 20
Weihnachtsabend, S. 87
Weihnacht des Alten, S. 88
Aus: Hermann Hesse, Die Gedichte © Suhrkamp Verlag Frankfurt am Main 1953.

Hofmannsthal, Hugo von (1874-1929)
Weihnacht, S. 17
Aus: Hugo von Hofmannsthal, Sämtliche Werke. Gedichte 1. Herausgegeben von Eugene Weber. S. Fischer Verlag GmbH, Frankfurt am Main 1984.

Kaschnitz, Marie Luise (1901-1974)
Advent 1972, S. 12
Aus: Marie Luise Kaschnitz, Gesammelte Werke. Herausgeben von Christian Büttrich und Norbert Miller. Band 5: Gedichte. © Insel Verlag Frankfurt am Main 1985.

Keller, Gottfried (1819-1890)
Weihnachtsmarkt, S. 36
Aus: Gottfried Keller, Gedichte in einem Band. Insel Verlag Frankfurt am Main und Leipzig 1998.

Lasker-Schüler, Else (1869-1945)
Peter Baum, S. 42
Weihnacht, S. 90
Aus: Else Lasker-Schüler, Werke und Briefe. Kritische Ausgabe. Band 1: Gedichte. Bearbeitet von Jürgen Skrodzki und Norbert Oellers. © Jüdischer Verlag im Suhrkamp Verlag Frankfurt am Main 1996.

Luther, Martin (1483-1546)
Ein Lobgesang von der Geburt Christi, S. 62
Aus: Martin Luther, Ausgewählte Schriften. Band V. Herausgegeben von Karin Bornkamm und Gerhard Ebeling. Insel Verlag Frankfurt am Main 1982.

Meyer, Conrad Ferdinand (1825-1898)
Friede auf Erden, S. 66
Aus: Conrad Ferdinand Meyer, Gedichte. Haessel Verlag Leipzig 1920.

Morgenstern, Christian (1871-1914)
Das Weihnachtsbäumlein, S. 44
Aus: Christian Morgenstern, Sämtliche Dichtungen. Herausgegeben von Heinrich O. Proskauer. Zbinden Verlag Basel 1980.

Mörike, Eduard (1804-1875)
Die heilige Nacht, S. 60
Aus: Eduard Mörike, Gedichte in einem Band. Herausgegeben von Bernhard Zeller. Insel Verlag Frankfurt am Main und Leipzig 2001.

Novalis (1772-1801)
Fern im Osten wird es helle, S. 51
Aus: Geistliche Lieder, in: Novalis, Werke, Tageücher und Briefe. Herausgegeben von Hans-Joachim Mähl und Richard Samuel. Band 1: Das dichterische Werk. Carl Hanser Verlag, München und Wien 1978.

Rilke, Rainer Maria (1875-1934)
Advent, S. 11
Vor Weihnachten 1914, S. 23
Geburt Christi, S. 70
Die Heiligen Drei Könige, S. 82
Aus: Rainer Maria Rilke, Die Gedichte in einem Band. Insel Verlag Frankfurt am Main 1986.

Ringelnatz, Joachim (1883-1934)
Vorfreude auf Weihnachten, S. 27
Die Weihnachtsfeier des Seemanns Kuttel Daddeldu, S. 47
Aus: Joachim Ringelnatz, Das Gesamtwerk in sieben Bänden. Diogenes Verlag AG Zürich 1994.

Rückert, Friedrich (1788-1866)
Einladung auf Weihnachten, S. 28
Das Kind ist uns geboren, S. 59
Aus: Poetischer Hausschatz des deutschen Volkes. Ein Buch für Schule

und Haus von Dr. O. L. B. Wolff. Verlag Otto von Wigand Leipzig 1866.

Schröder, Rudolf Alexander (1878-1962)
Nun duftet Wachs, S. 15
Aus: Rudolf Alexander Schröder, Die geistlichen Gedichte. Copyright 1949 by Suhrkamp Verlag, vorm. S. Fischer, Berlin.

Storm, Theodor (1817-1888)
Knecht Ruprecht, S. 16
Weihnachtslied, S. 50
Aus: Theodor Storm, Sämtliche Werke in vier Bänden. Band 1: Gedichte. Herausgegeben von Dieter Lohmeier. Deutscher Klassiker Verlag Frankfurt am Main 1987.

Tauler, Johannes (1300-1361)
Weihnachtslied, S. 61
Aus: Poetischer Hausschatz des deutschen Volkes. Ein Buch für Schule und Haus von Dr. O. L. B. Wolff. Verlag Otto von Wigand Leipzig 1866.

Thoma, Ludwig (1867-1921)
Heilige Nacht, S. 58
Aus: Ludwig Thoma, Gesammelte Werke. Band 6. Piper Verlag GmbH München 1968.

Tucholsky, Kurt (1890-1935)
Weihnachten, S. 21
Einkäufe, S. 33
Groß-Stadt-Weihnachten, S. 34
Friedens-Weihnachten, S. 46
Aus: Kurt Tucholsky, Gedichte in einem Band. Herausgegeben von Ute Maack und Andrea Spingler. Insel Verlag Frankfurt am Main und Leipzig 2006.

Walser, Robert (1878-1956)
Weihnachtsglocken, S. 19
Weihnacht, S. 35
Der Weihnachtsbaum, S. 38
Das Christkind, S. 68
Maria im Zelt, S. 69
Aus: Robert Walser, Sämtliche Werke in zwanzig Bänden. Herausgegeben von Jochen Greven. Band 13: Die Gedichte.